Silence
les voisins !

Nicola Moon • Liz Million

ROUGE & OR

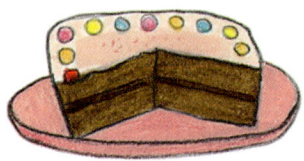

Pour Travis – N. M.
À mamie et papi Sefton, affectueusement – L. M.

L'édition originale de ce livre est parue sous le titre *Noisy Neighbours*
chez Kingfisher Publications Plc, Londres, en 2003.

Texte © Nicola Moon 2003
Illustrations © Liz Million 2003

Le droit moral de l'auteur et de l'illustrateur a été respecté.

Édition française :
© Rouge & Or 2007

Traduction : Fenn Troller
Édition : Véronique Roberty et Émilie Franc
Mise en pages : Marine le Breton

Numéro d'éditeur : 10136145
ISBN : 978-2-26-140134-5
Dépôt légal : août 2007
Imprimé en Chine

Sommaire

Silence, les voisins !

Georges vit au numéro 6, rue des Glycines.

Il adore s'asseoir dans son jardin

pour faire les jeux-concours

de son magazine.

Un jour, s'il trouve toutes les bonnes

réponses, il pourrait même gagner

le grand prix !

Louis habite
la maison d'à côté.
Il adore jouer
de la trompette
debout dans
son jardin
en rêvant de devenir un musicien célèbre.

Un matin, Georges est plongé
dans ses mots croisés
quand soudain...

POUM POUDOUM!

Épouvanté, Georges lâche son stylo,

qui vole dans les jonquilles.

« Zut ! » bougonne-t-il.

POUM POUM POUDOUM!

C'est Louis, qui souffle dans sa trompette.

« Pardonnez-moi, Louis ! lance-t-il
par-dessus la barrière.
Vous voulez bien jouer moins fort ?
J'essaie de me concentrer sur mon jeu.
– Désolé, lui répond Louis. La trompette
n'est pas un instrument très discret
et je répète un concert important.
Quelle jolie musique, non ? »

Elle n'a rien de joli…

pense Georges.

« Pffff ! » Il est énervé et retourne

à ses mots croisés.

POUM POUM POUDOUM !

Et voilà, la musique reprend encore

plus fort que tout à l'heure.

« C'est insupportable ! »

Georges est exaspéré et fonce à l'intérieur.

Il fait chauffer de l'eau pour son thé,

déguste des petits gâteaux à la framboise

et s'installe confortablement

dans son fauteuil en soupirant.

« Enfin tranquille ! »

Tout à coup, le bruit de la trompette
remonte la rue des Glycines et s'insinue
dans son salon ! « Oh non ! » gémit-il
en recouvrant ses oreilles
de ses pattes.

Il n'entend plus la trompette mais…
il n'arrive plus à tenir son stylo !

10

Soudain il aperçoit le cache-théière.
« Parfait ! » déclare-t-il en l'enfonçant
sur ses oreilles. Il a chaud à la tête,
mais au moins il a réussi à étouffer
le bruit de la trompette.

VROUM-VRAOUM !

C'était trop beau...

VROUM-VROUM-VAVAVOUM !

« C'est de plus en plus fort ! peste-t-il en ôtant le cache-théière. Impossible de réfléchir avec ce tintamarre. »

Georges fonce dans la salle de bains pour chercher du coton.

Il est en train de se boucher les oreilles quand…

PAN-PAN-PAN !

On tambourine à la porte.

« Quoi encore ? » gémit-il.

C'est Louis :

« Vous avez entendu ? Comment

voulez-vous qu'un musicien joue

avec ce tintamarre ?

– Mais…

commence

Georges en

retirant le coton

de ses oreilles.

Je pensais que

c'était vous !

– Moi ? Vous

me croyez… »

VROUM-VAVAVOUM !

Une grosse moto étincelante
déboule dans la rue des Glycines
et s'arrête devant le numéro 8.
Georges et Louis ouvrent
des yeux ronds.

Le conducteur n'est autre que
leur nouvelle voisine.

« Salut ! Je m'appelle Juliette.

Ma moto vous plaît ?

8

– Elle est un peu bruyante,

répond Georges.

J'essaie de me concentrer

sur un concours très difficile.

– Moi, j'ai un concert très important.

Je dois m'exercer à la trompette,

répond Louis.

– Je comprends, dit Juliette.

Les motos, les trompettes

et les concours ne font pas

bon ménage. »

Elle réfléchit un moment et propose :

« Venez prendre le thé chez moi,

j'ai une super idée !

– J'espère qu'elle sera rapide, marmonne

Louis. Ma musique m'attend.

– J'espère qu'elle sera silencieuse,

grommelle Georges.

Mon concours m'attend.

8

– Vous verrez bien ! dit-elle
tandis qu'ils s'assoient
dans sa cuisine.

Le lundi et le jeudi,
nous ne ferons
aucun bruit afin que
Georges se concentre
sur son concours.

– Bonne idée !
s'écrie Georges.

– Le mardi et le vendredi, Louis pourra
jouer de la trompette
du matin au soir,
poursuit Juliette.

– Excellente idée !
s'écrie Louis.

– Le mercredi et le samedi,

ce sera mon tour, conclut Juliette.

Je pourrai faire de la moto et bricoler

dans le moteur toute la journée.

– Et le dimanche ? demande Georges.

Qui aura le droit de faire du bruit ?

– Le dimanche, répond Juliette,

je vous ferai du thé et des gâteaux.

– C'est la plus belle idée de toutes,

s'écrie Louis, qui adore les gâteaux.

– La plus belle ! renchérit Georges,

qui adore le thé.

– Marché conclu, dit Juliette.

Je vous dis à demain ! »

Sur le chemin du retour, Georges réfléchit et s'arrête net.

«On sera quel jour, demain?

– Dimanche, répond Louis.

– Alors… aujourd'hui c'est samedi?

– Oh non! gémit Louis.

– Pffff! fait Georges.

– Eh oui ! crie Juliette
en enfonçant son casque.
On est samedi ! »

VROUM-VROUM-VAVAVOUM !

Juste à temps

Un matin, en ouvrant son magazine,

Georges n'en croit pas ses yeux :

« GRAND JEU : GAGNEZ UNE JOURNÉE

AU PARC AUX MONSTRES ! »

Georges rêve d'aller au Parc aux Monstres depuis toujours ! Tout excité, il verse une cuillère de confiture dans son thé et oublie de manger son pain grillé.

Le jeu comporte
cent questions.
Georges taille
ses crayons,
fabrique
un panneau
« NE PAS
DÉRANGER »
et l'accroche
à la porte
d'entrée.
Puis il se met
au travail.

6

NE PAS
DÉRANGER

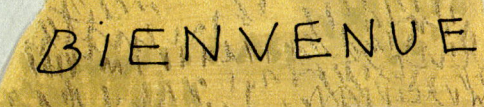
BIENVENUE

Les questions sont difficiles.

Georges se concentre très fort.

Mardi, il n'entend même pas la trompette

de Louis.

Mercredi, il n'entend même pas Juliette

qui passe sur sa moto.

Jeudi, il a trouvé toutes les réponses,

sauf deux qui sont très difficiles.

Louis et Juliette seront sûrement de bon

conseil.

Georges va d'abord voir Louis.

Juliette est venue l'aider à choisir

une chemise pour le concert.

« La chemise à paillettes ou à fleurs ?

– Je préfère celle à pois !

répond Juliette.

– Oui, mets celle à pois ! dit Georges.

À moi de vous poser des questions.

Grâce à vous, je pourrais gagner

une entrée au Parc aux Monstres.

– au Parc aux Monstres ! reprend Louis,

impressionné. Waouh !

– Que veux-tu savoir ? » demande Juliette.

Georges leur montre son magazine.

« Instrument bruyant dont le nom

commence par un T ? lit Louis. Trompette !

– Bien sûr ! s'écrie Georges.

Merci, Louis.

– Engin bruyant à deux roues dont le nom commence par un M ? lit Juliette.

C'est sûrement une moto !

– Bravo, Juliette ! » s'écrie Georges.

Georges note soigneusement les réponses.

En pliant son bulletin, il remarque

la date inscrite tout en haut.

« Oh, non ! gémit-il. Il est trop tard !

Il faut rendre les réponses

aujourd'hui avant midi.

J'aurais dû l'envoyer hier.

– Allons-y nous-mêmes, propose Juliette.

– Mais c'est très loin, réplique Georges.

On n'y sera jamais à temps.

– Si on y va à moto, c'est possible !

dit Juliette. Vous vous serrerez

dans le side-car. »

Louis se plaint d'être à l'étroit.

« J'ai mal aux jambes ! »

ronchonne-t-il.

Georges se plaint de devoir

porter un casque.

« J'ai mal aux oreilles ! bougonne-t-il.

– Arrêtez de vous plaindre, s'énerve

Juliette. Et maintenant, cramponnez-vous !»

La moto dévale

la rue des Glycines.

« Où on va ? demande Juliette.

– À droite ! hurle Georges.

– À gauche ! hurle Louis.

– Suivons le panneau en direction
du centre, propose Georges.

– Moins vite dans les tournants ! »
implore Louis, le teint un peu vert.
La moto traverse le carrefour et prend
un virage sur les chapeaux de roues.

« Stop ! » hurle Georges.
L'enveloppe qu'il tenait
dans sa patte s'est envolée.
Il finit par la retrouver dans un buisson
plein d'épines. Son nez est
tout égratigné !

GRAND CONCOURS
CASSE-TÊTE S.A.
10 GRAND-RUE
CHÊNEVILLE

« Vite ! crie
Juliette. Il faut
se dépêcher ! »

Un dernier rugissement de moteur et
à midi moins deux les voilà arrivés.
« Il est trop tard ? s'inquiète Georges.
– Cours ! » hurle Juliette.
Il grimpe l'escalier
en soufflant et remet
son bulletin…
juste
à temps !

CASSE
TÊTE
S.A.

« On a réussi ! s'écrie Louis. On peut
rentrer, maintenant ? Plus doucement ? »

Bientôt, ils se retrouvent chez Juliette

pour déguster de grosses parts

de gâteau au chocolat.

Louis se sent mieux,

alors il en mange deux !

« Quand sauras-tu si tu as gagné ?

demande Juliette à Georges.

– Pas avant une semaine... »

Les jours suivants semblent
interminables. Louis a du mal
à se concentrer sur sa trompette.

Juliette a du mal à se concentrer
pour réparer sa moto.

Et Georges a du mal à se concentrer
sur quoi que ce soit.
Il n'en peut plus d'attendre !

Enfin, un matin, une épaisse enveloppe
dorée atterrit sur son paillasson.
Les pattes toutes
tremblantes,
il la déchire
et lit :

MONSIEUR G. PANDA
6 RUE DES GLYCINES
CHÊNEVILLE

FÉLICITATIONS !
VOUS AVEZ GAGNÉ
LE GRAND PRIX !

Georges se précipite dehors.

Louis est là justement ;

il aide Juliette à astiquer sa moto.

« Juliette ! Louis ! J'ai gagné ! Parc aux

Monstres, me voilà ! crie-t-il à tue-tête.

– Bravo ! On savait que tu y arriverais,

répondent Louis et Juliette en chœur.

– C'est grâce à vous ! dit Georges.

Et devinez quoi ? J'ai trois billets.

Alors, vous venez avec moi ! »

Les trois amis passent une journée
formidable au Parc aux Monstres.
« Accrochez-vous ! » hurle
Juliette avant un dernier tour
sur les montagnes russes.

«Cette fois, je garde les yeux ouverts! s'écrie Louis.

– Moi aussi, dit Georges.

C'est parti!»

YOUPii!

Qui est l'auteur de ce livre ?

Nicola Moon a été professeur de sciences, avant
de se consacrer à l'écriture. « Pauvre Georges !
Pas facile d'avoir des voisins aussi bruyants ! dit-elle.
Mais tous les trois deviennent vite les meilleurs amis
du monde. Alors pourquoi en changerait-il ? »

Qui est l'illustrateur ?

Liz Million adore illustrer des livres pour enfants
et elle se rend régulièrement dans les écoles
et les bibliothèques pour parler de son travail.
« Georges me fait penser à mon grand-père, dit-elle.
Il adore les concours de mots croisés. Il réveille même
ma grand-mère la nuit quand il ne trouve pas la réponse ! »

Le petit Quiz

Silence, les voisins !
1. De quel instrument Louis joue-t-il ?
2. Pourquoi Georges enfonce-t-il un cache-théière
sur ses oreilles ?
3. Quelle est l'idée de Juliette pour que chacun soit content ?
4. Que feront-ils le dimanche ?

Juste à temps
5. Quel est le prix du concours de Georges ?
6. Combien de questions comporte le jeu-concours ?
7. Quelle chemise Juliette et Georges préfèrent pour le concert
de Louis ?
8. Quelle est la réponse à la question « un engin bruyant
à deux roues dont le nom commence par M » ?
9. Comment les trois amis réussissent-ils à rendre le bulletin
du concours à l'heure ?
10. Où s'envole l'enveloppe que Georges
tient dans sa patte ?

Réponses

Silence, les voisins ! 1. De la trompette ; 2. Pour ne pas entendre la trompette
de Louis ; 3. Juliette propose de se partager les jours ;
4. Juliette les invitera à prendre le thé et des gâteaux.
Juste à temps 5. Une journée au parc aux monstres ; 6. Cent questions ;
7. La chemise à pois ; 8. Une moto ;
9. Ils vont sur place en moto pour rendre le bulletin ;
10. Dans un buisson plein d'épines.

48